HOLY FAMILY SCHOOL

First Spanish-language edition 1982 by Barron's Educational Series, Inc.

Published in France under the title *Mon Livre de Mots de tous les jours*
© Flammarion, 1977

All inquiries should be addressed to:
Barron's Educational Series, Inc.
113 Crossways Park Drive
Woodbury, New York 11797

Library of Congress Catalog Card no. 82-1649

International Standard Book No. 0-8120-5431-8

Library of Congress Cataloging in Publication Data

Kahn, Michèle.
  Mi libro de palabras inglesas de todos los días.

  English and Spanish.
  Translation of: Mon livre de mots de tous les jours.
  Summary: A first English vocabulary book for Spanish
students, with pictures identified by English words
accompanied by texts in Spanish.
  1. English language—Text-books for foreigners—
Spanish—Juvenile literature. 2. Vocabulary—Juvenile
literature. [1. English language—Textbooks for foreigners—Spanish. 2. Vocabulary. 3. Spanish language
materials] I. Title.
PE1128.K2818   428.2'461   82-1649
ISBN 0-8120-5431-8   AACR2

PRINTED IN HONG KONG
23456 041 98765432

BENVENUTI

Mi Libro de Palabras
INGLESAS
de Todos los Días

HOLY FAMILY SCHOOL

Texto por Michèle Kahn

Traducido por Michael Mahler

8673

BARRON'S
Woodbury, N.Y.
London
Toronto

Waking Up   Al Despertarme

¡Son las siete! Sí, son las siete de la mañana, pero ¿qué día es? Tengo los días confudidos . . . Ayer mamá y papá nos llevaron a ver a los abuelitos en el campo. Ayer fue domingo y por eso hoy será lunes. Tendré que levantarme y vestirme para ir a la escuela. Oigo a papá en la cocina preparando el café. Mamá está lavándose en el cuarto de baño.

wardrobe

drawing

radiator

cord (clothes line)

lamp

paper

eraser

chair

Indian

pencil

soldier

cavalry

7

Up We Get!   ¡De pie!

Now I'm up.

Ahora estoy levantado.

I put on my slippers.

Me pongo las zapatillas.

I open the door.

Abro la puerta.

I walk down the hall.

Camino por el pasillo.

My sister is still asleep.

Mi hermana duerme todavía.

I draw the curtain.

Abro la cortina.

Laura opens her eyes.

Laura abre los ojos.

She yawns.

Bosteza.

She smiles at me.

Me sonríe.

Laura's Room   El Cuarto de Laura

Soy mayor que Laura. Todas las mañanas cuando suena el despertador tengo que despertar a mi hermanita. Sacudo su osito y sus muñecas gritando «Es hora de levantarte!»

Laura siempre coloca la muñeca más grande en medio entre el bebé y la otra. Dice que la muñeca más grande es la madre de las otras. Ayer mi abuela le dio a Laura unas cosas de costura. A mí me gustaría aprender a coser también. Podría hacerme unos zapatos como llevan los Indios: mocasines. «Laura, ¿me prestas tu aguja e hilo?»

«¡Sí, si me ayudas a construir una casita para mis muñecas!»

«Bien. Voy a buscar una caja grande de cartón.»

lampshade

dress

nightgown

electrical outlet

slippers

scissors

dolls

purse

belt

wool

thimble

drawer

cushion

teddy bear

chest of drawers

armchair

sandals

9

Washing   El Tocador

I brush my teeth.

Me limpio los dientes.

Then I wash myself.

Entonces me lavo.

After that, I comb my hair.

Después me peino.

Ahora es mi turno en el cuarto de baño. Por la mañana tengo que darme prisa, y por eso me baño la noche anterior.

Primero, me limpio los dientes. Me gusta el sabor de la pasta dentífrica. Después me lavo. El jabón es muy oloroso. Y por último me cepillo la cabeza y me peino, para que quede bien arreglado.

Después de eso me pongo delante del espejo y me visto. Si uno no mira lo que hace puede ponerse la ropa a revés ¡metiendo los botones en ojales que no les corresponden!

I Get Dressed   Me Visto

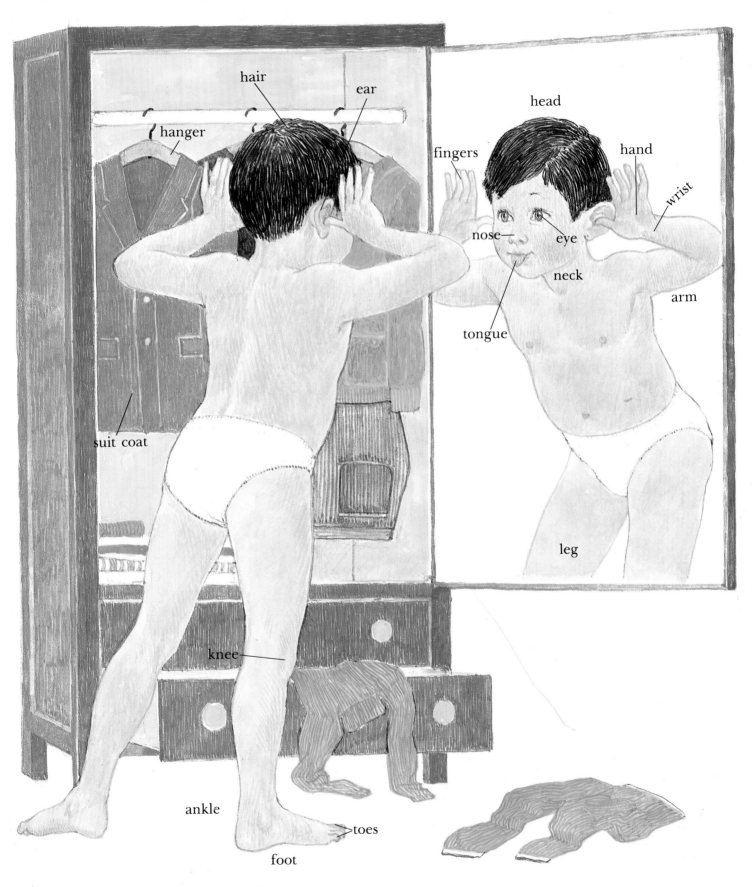

I get dressed in front of the mirror.
Y en fin, me visto delante del espejo.

Breakfast El Desayuno

Son las ocho. No me queda mucho tiempo para desayunar. Tenemos que salir para ir a la escuela pronto. Puedo oler el aroma del café y del pan tostado. Por lo general, todos tomamos café con leche. A veces alguien de la familia toma té o chocolate. El desayuno es mi comida predilecta.

kettle

matches

toaster

cooking stove

oven

refrigerator

knife

coffeepot

fork

spoon

milk

sugar

bread

cat

butter

bread basket

orange squeezer, juicer

preserves (jam)

orange juice

plate

cup

saucer

12

table

The House La Casa

chimney

attic

bedroom

bathroom

bedroom

bedroom

balcony

living room

kitchen

entrance

garage

13

roof

shutters

lantern

door

step

ivy

path

14

The Garden   El Jardín

Todas las mañanas mamá y papá nos dan besos al despedirse de nosotros. Nos dicen que tengamos mucho cuidado al cruzar la calle. Tomo la mano de Laura y corremos lo más rápidamente posible hasta la puerta del jardín. Laura se ríe. «¡Estoy volando!» grita. Patch ladra al vernos pasar. De esta manera, él se divierte también.

tree

lilacs

hedge

leaves

kiosk

lawnmower

mailbox

gate

rose

grass

chain

dog

bird

kennel

15

bus

bakery

motorcycle

traffic light

truck

car

sidewalk

wheel

pedestrian crossing

bicycle

pedestrians

16

policeman

The Street La Calle

¡Hay que ver lo difícil que es cruzar la calle! Afortunadamente está un policía con un pito. De otra manera los conductores nunca se detendrían para dejarnos pasar. Pero nosotros también tenemos prisa. Tenemos que estar en la escuela a las nueve.

The School   La Escuela

map of the world

clock

North America

South America

Europe

Asia

Africa

Oceania

blackboard

ruler

pencil

pen and
pencil case

notebook

schoolbag

desk

17

Playtime   El Recreo

Ten o'clock! Hurrah, it's playtime! Who can run the fastest?
¡Son las diez! ¡Viva el recreo! ¿Quién corre lo más rápido?

Laura has lost her bracelet.
Laura ha perdido su pulsera.

All the children look for it.
Todos los niños la buscan.

Peter falls and hurts himself.
Pedro se cae y se lastima.

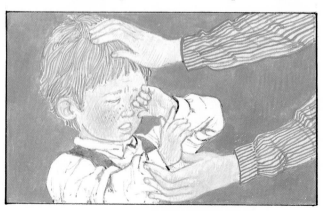

He cries. The teacher comforts him.
Llora. La maestra le consuela.

Vincent has found the bracelet!

¡Vicente ha encontrado la pulsera!

Laura is happy again.

Laura vuelve a ponerse contenta.

Round we go holding hands.
Formamos un círculo.

The bell rings. We form into lines.
Suena el timbre. Nos ponemos en filas.

19

Painting . . . . and Music   La Pintura . . . y La Música

A las once tenemos la lección de arte y música. Algunos aprendemos la música, mientras otros pintan y dibujan. Hay algunos que hacen las dos cosas a la vez. ¡Pero no se puede pintar con una flauta ni tocar música con un pincel!

En la clase de dibujo dibujamos y pintamos lo que nos guste: un tigre, un submarino, un árbol o un molino de viento. Pero en la clase de música no podemos hacer cualquier cosa. Eso resultaría un ruido horrible. En la clase de música hay que tocar las notas que están en el papel.

paintbrush

rag

palette

colors

felt markers

drawing paper

watercolor

trumpet

viola

piano

cymbals

violin

guitar

flute

music stand

record player

21

The Supermarket   El Supermercado

Mediodía. Es hora de ir de compras. Laura y yo tenemos permiso de ir al supermercado solos. Compramos pan y leche y, a veces, mantequilla, huevos y sal. Es difícil contar la cantidad exacta del dinero. La cajera no debe cometer errores, pero tenemos que calcular también, para estar seguros.

strawberries   lemons   cauliflower   asparagus   potatoes

bananas   plums   carrots   onions   cucumbers

pears   watermelon   tomatoes   turnips   zucchini

apples   oranges   lettuce   garlic   celery

eggs

cheeses

milk

butter

cashier

cash register

bread

shopping cart

change purse

22

weight scale

butcher

clock

meat

seafood

brooms

shopping bag

23

What will Laura be when she grows up?

¿Cuál será la carrera de Laura?

. . . doctor?

. . . dancer?

. . . photographer?

. . . florist?

. . . secretary

. . . teacher?

. . . or librarian?

And what shall I be?   ¿Y cuál será la carrera mía?

. . . *mechanic?*

. . . *astronaut?*

. *orchestra conductor?*

. . . *farmer?*

. . . *race car driver?*

. . . *pharmacist?*

. . . *or cook?*

Lunch El Almuerzo

tableware

steam

stew pot

Generalmente almorzamos a la una. Todo el mundo ayuda, a excepción de papá que habla por teléfono con un amigo. Yo pongo la mesa. Laura trae los platos fríos. Podría quemarse con los platos calientes. Hoy tenemos que comer de prisa porque esta tarde vamos de excursión.

«Será una lástima si alguien llega tarde,» dice la maestra. «El autobús saldrá a las dos en punto.»

chicken

platter, tray

bowl, deep dish

bottle

napkin

wine glass, goblet

pitcher, carafe

salad bowl

tablecloth

newspaper

armchair

apron

telephone

We're Off!
¡En Marcha!

rearview mirror

road sign

driver

windshield wiper

windshield

windowpane
(vehicle)

steering wheel

clock

dashboard

seat

27

The Country   El Campo

¡Lo lejos que se puede ver en el campo! Aquí estamos sobre una colina.
Abajo en el valle hay un pueblo.
  «¡Mira la ardilla en el árbol!» grita Vicente.

28

¡Es maravilloso estar en el campo! Puedes oír cantar los pájaros. Puedes pescar en el río. Y puedes remar, también. Me gustaría quedarme en el campo para siempre.

field

squirrel

fishing pole

boots

rocks

The Farm   La Finca

Ya son las tres. Pronto tendremos que volver a casa. Pero más quisiera quedarme aquí en la finca conduciendo el tractor, mirando las vacas en el campo, empujando la carretilla, subiendo el almiar. Y quiero ayudarle a la mujer del labrador a dar de comer a las gallinas. Me gustan todas clases de animales, no sólo los que vemos aquí en la finca sino también los animales salvajes que vimos en el parque zoológico la semana pasada.

plow

haystack

pitchfork

calf

co

wheelbarrow

pig

tail

horse

duck

duckling

goose

farmer

tractor

wagon

rooster

grain

hens

farmer's wife

bucket

pump

turkey

chicks

31

elephant

water

peacock

swan

parrot

cage

monkey

At the Zoo   En el Parque Zoológico

En este cuadro puedes ver un elefante soplar agua por la trompa, un pavo real desplegarse la cola, un cocodrilo dormir al lado del charco, un loro chillar en su jaula, un cisne deslizarse sobre el agua, rugir el león, y una jirafa comer las hojas de un árbol alto. Un mono está comiendo un plátano mientras un otro está oscilando por la cola.

fence

crocodile

lioness and cubs

lion

giraffe

HOLY FAMILY SCHOOL

33

flag

shovel

sand castle

shell

tunnel

bus

34

The Sea El Mar

Tan pronto como hace buen tiempo, los turistas vienen a visitar nuestra región del país. Tenemos la suerte de vivir cerca del mar. Cuando voy a la playa hago castillos de arena. Construyo murallas almena-das y pongo una banderita encima. Nado con un salvavidas o brazaletes de goma. Cuando el mar está tranquilo, mamá y papá nos llevan en el barco de vela.

35

mountain

tunnel

electric locomotive

boxcar

freight car

bar

36

airplane

cloud

smoke

passenger car

umbrella

grade crossing

The Train   El Tren

Aquí está el tren de las cuatro. Llegamos al paso a nivel justamente a tiempo para verlo pasar. «Mira la casita del guardavía,» me dice Laura. «Me gustaría hacerme una así para mis muñecas.» ¡Qué buen idea! ¡Mira! Ahora está lloviendo.

shed

ping-pong table

ping-pong
paddle

tennis racket

ball

ice cream

soccer ball

jump rope

scooter

roller skate

Games   Los Juegos

Son las cinco. Ya estamos en casa. Mamá nos da a cada uno un helado.
Laura y yo jugamos en el jardín. Laura se pone los patines de ruedas y yo
juego con el patín. Después jugamos al fútbol hasta la hora de entrar a
mirar la televisión.

38

Television   La Televisión

The television is off.
La televisión está apagada.

I turn it on.
La enciendo.

The announcer introduces a film about a winter vacation.

La locutora anuncia una película de unas vacaciones de invierno.

mountain

snow

snowflakes

snowball

snowman

skier

child's sled

pine trees

chalet

cake

corkscrew

wristwat[ch]

cheese plate

broom

vacuum cleaner

40

Dinner   La Cena

Son las siete. Laura y yo tenemos que cenar solitos esta noche porque mamá y papá están dando una fiesta. Mamá tiene que ponerse un delantal para proteger su vestido bonito.

Evening   La Noche

A las ocho Laura viene a mi cuarto y leemos un
libro juntos. Afuera ya está oscuro. Pronto, mamá
y papá llevarán a Laura a la cama de ella.
«¡Buenas noches! Sueños dulces» dicen. Laura
grita, «Un besito más» y grito yo «y a mí también.»
Mamá y papá se hacen los enfadados, pero al final
nos besan. Entonces nos dormimos para que
llegue la mañana más pronto.

41

Vocabulario inglés-español e índice

A

Africa África 17
airplane avión 37
alarm clock despertador 6
ankle tobillo 11
apple manzana 22
apron delantal 26
arm brazo 11
armchair butaca 9, 26
asparagus espárrago 22
astronaut astronauta 25
attic desván 13

B

bakery panadería 16
balcony balcón 13
ball pelota 38
banana plátano 22
barrier barrera 36
bathroom cuarto de baño 13
bathroom sink lavabo 10
beach playa 35
bed cama 6
bedroom dormitorio 13
belt cinturón 9
bicycle bicicleta 16
bird pájaro 15
blackboard pizarra 17
blanket manta 6
book libro 6
boot bota 29
bottle botella 26
bowl plato hondo 26
boxcar furgón 36
boy chico (on cover)
bread pan 12, 22
bread basket cesta de pan 12
bridge puente 28
briefs (underpants) calzoncillos 6
broom escoba 23, 40
bucket cubo 31
bus autobús 16, 34
butcher carnicero 23
butter mantequilla 12, 22

C

cage jaula 32
cake biscocho, pastel 40
calf ternero 30

cap gorro 6
car coche (on cover) 16
carafe garrafa 26
career carrera 24, 25
carrot zanahoria 22
cart carro 31
cashier cajera 22
cash register caja 22
cat gato 12
cauliflower coliflor 22
cavalry caballería 7
celery apio 22
chain cadena 15
chair silla 7
change purse monedero 22
cheese queso 22
cheese plate plato de quesos 40
chest of drawers cómoda 9
chick pollito 31
chicken pollo 26
child's sled trineo pequeño 39
chimney chimenea 13
church iglesia 28
clock reloj 17, 23, 27
cloud nube 37
coat (suit) chaqueta 11
coffeepot cafetera 12
color color 20
comb peine 10
conductor director de orquesta 25
cook cocinero 25
cooking stove cocina 12
cord (clothes line) cuerda 7
corkscrew sacacorchos 40
countryside campo 28
cow vaca 30
crocodile cocodrilo (on cover) 33
crossing paso a nivel 37
cucumber pepino 22
cup taza 12
curtain cortina 6
cushion cojín 9
cymbals címbalos 21

D

dancer bailarina 24
dashboard tablero de instrumentos 27
deep dish (bowl) plato hondo 26
desk escritorio 17
doctor médico 24

M

mailbox buzón 15
mat alfombrilla 6
match cerilla 12
meat carne 23
mechanic mecánico 25
milk leche 12, 22
mirror espejo 10
monkey mono 32
motorboat gasolinera 35
motorcycle moto 16
mountain montaña 36, 39
music música 20
music stand atril 21

N

napkin servilleta 26
neck cuello 11
newspaper periódico 26
nightgown camisón de dormir 9
night table mesita de noche 6
North America América del Norte 17
nose nariz 11
notebook cuaderno 17

O

oar remo 35
Oceania Oceanía 17
onion cebolla 22
orange naranja 22
orange juice zumo de naranja 12
orange juice squeezer exprimidera de naranjas 12
orchestra orquesta 25
oven horno 12

P

paintbrush pincel 20
painting pintura 20
pajamas pijama 6
palette paleta 20
pants pantalones 6
paper papel 7
parrot loro (on cover) 32
passenger car vagón de pasajeros 37
path sendero 14
peacock pavo real 32
pear pera 22
pedestrian peatón 16
pedestrian crossing paso a peatones 16
pencil lápiz 7, 17
pencil box lapicero 17

pharmacist farmacéutico 25
photographer fotógrafo 24
piano piano 21
pig cerdo 30
pillow almohada 6
pine tree pino 39
ping-pong paddle raqueta de ping-pong 38
ping-pong table mesa de ping-pong 38
pitchfork horquilla 30
plate plato 12
platter bandeja 26
plow arado 30
plum ciruela 22
policeman policía 16
potato patata 22
preserves confitura 12
pump bomba 31
purse bolsa 9

R

race car driver corredor de coches 25
radiator radiador 7
rag trapo 20
railing baranda 28
railroad ferrovía 28
rearview mirror espejo retrovisor 27
record player tocadiscos 21
refrigerator refrigerador 12
river río 28
road camino 28
road sign señal de tránsito 27
rock roca 29
roller skate patín de ruedas 38
roof techo 14
rooster gallo 31
rose rosa 15
ruler regla 17

S

sailboat barco de vela 35
salad bowl ensaladera 26
sandals sandalias 9
sand castle castillo de arena 34
saucer platillo 12
scale balanza 23
school escuela 17
schoolbag cartera 17
scissors tijeras 9
scooter patín 38
sea mar 35
seafood mariscos 23
seat asiento 27

468   8673
Kahn, Michele
Mi Libro de Palabras Inglesas

DATE DUE		
MAR 28 1985		
APR 22 1985		
APR 29 1985		
MAY 9 1985		
MAR 11 1986		
APR 29 1986		
APR 25 1989		
MAY 2 1989		
FEB 1 1990		
FEB 8 1990		